U0624140

尖峰之上

雷立喜 著

长江出版传媒 | 长江文艺出版社

雷立喜，甘肃临泽人，甘肃省作家协会会员。有诗歌作品在《诗刊》《星星》《飞天》《诗歌月刊》《延河》《牡丹》《绿风》《甘肃日报》《吉林散文诗》《绿洲》等报刊发表。曾获"品读八声甘州·畅游彩虹张掖"全国征文一等奖、金张掖文艺奖。

尖峰之上，有万劫不复的深渊，也有一望无际的辽阔

武强华

"抱之于欢喜，受之于快慰／你终究有了澄澈之心／／雪，之于我，之于南山／有销魂削铁之美，尽管／尖峰之上，有万劫不复的深渊"（《尖峰之上》），第一次读到雷立喜的这首短诗时，一种高处的清寒和锐利扑面而来。这也许是很多诗人的一种处境——感觉身处高寒之处，仰望、膜拜、洗心、快慰，却仍有一种难以立足驻望的尖锐直戳内心，又或者是诗人对诗歌的一种追求、执着、向往和难以掌控的迷茫。眼中之景亦是心中之意，山峰伟岸、峭拔、高洁、不可捉摸的意象，可能恰恰就是诗人对诗歌的一种理解和认知。

雷立喜的诗延续着边塞诗歌刚健、苍凉、辽阔的风格。他所在的张掖地处河西走廊中段，从古至今，遗留下来的与之相关的诗歌，大多都是苍凉大漠、刚健豪迈的诗篇。当然，一个时代与一个时代不同，诗人们的感悟和抒写也各不相同，从乐府"亡我祁连山，使我六畜不蕃息。失我焉支山，使我妇女无颜色"，到晚清罗家伦的"不望祁连山顶雪，错将张掖当江南"，各个时代，边塞诗可谓气象万千、千年不衰，深深地影响着一代又一代边塞诗人。20世纪中期学界提出了"新边塞诗"的概念。其实在西北，每一个诗人都受到了边塞诗以及"新边塞诗"的影响。这种影响甚至是无意识的，或者更像是血脉深处与生俱来的，"诗带边音，粗粝猛起"，他们的诗歌具有鲜明的地域特征。

雷立喜生在河西，长在祁连山下，一生似乎都离不开祁连山、

黑河水、荒漠、风沙，以及那种历史深处不断回响着的金戈铁马和苍凉辽阔。西北风像具有金石之声的血液，一边吹拂，一边洗礼。他的诗集《尖峰之上》中的大部分诗歌都与河西地域、风物有关，开篇长诗《放歌张掖》更是以开阔的意境，把张掖的扁都口、隆畅河、山丹大马营草原、合黎山、羊台山、八声甘州、七彩丹霞等典型地理风物以丰富叠加的意象，一脉贯通、铺排展现。读这一首诗，张掖整个的大致历史文化轮廓就能显现在我们的脑海中。他的《河西：夏至》《河西月》《平山湖丹霞》《巴尔斯雪山》《羊台歌》《河西散章》等诗作，都无不彰显着他刚健、苍凉、辽阔的诗风。

当然，雷立喜的诗还有另一种刚柔并济的风格。他的《弱水谣》《豌豆谣》《玉米谣》《西北谣》《峡口谣》《石头城谣》，以谣曲的形式，引入民间俚语、地方方言和民俗民风，使地域特色又呈现了一种除山川河流、大漠风光以外的民间风情。"格老子的，神经兮兮的/刮刀子呢，咋就那么狠呢/直勾勾的，剁肉肉、钻心尖尖呢/一会会在哈密，晌后就到了敦煌/酒泉城里耍猴子，看迷眼呢/跑上那么快干啥呢""青沙槽子，黄沙冈子/栽上红柳儿，压上梭梭子/砌墙挡风呢"（《西北谣》）；"花喜鹊叫了/狸猫儿闹了/李石匠进了南山/王油匠翻修磨盘/苇席匠刘歪脖裹着席子埋进了红土崾岘/都说天气不等人"（《弱水谣》）。有时甚至是柔媚俏皮的，如"心里吐出红缨缨/绿衣裹着嫩身身"（《玉米谣》）；"小娃娃，摘豆豆/眨眼扑进豌豆地//豆蔓弯，豆蔓长/一群蝴蝶花翅膀//娘亲喊，爹老子赶/一溜烟儿躲进羊圈里"（《豌豆谣》）。河西风土人情、民风民俗，寥寥数语，跃然纸上。不是所有的俚语俗语都能入诗，也不是所有的诗人都能恰如其分地将俚语俗语引入诗句，表现出一种别有韵味的诗意。这显然是作者长期汲取民间养分，积累融合，引俗入诗的一种功力所见。

奥登说："假如诗人与所写的人或事物没有以个人方式建立起亲密关系，一切写作人和事的尝试，无论它们多么重要，如今都将注定失败。"雷立喜笔下的河西风物，几乎都融入了他个人的思想和情感寄托。《风》把无形之物"风"以各种有形之物呈现出来，打破了人们对"西北风"空无、肆虐的表面认知，在作者看来，西北的风也是一种厚重、深情的抚慰，"如我挂在走廊蜂腰上的深爱/响彻大地"。诗人仰望祁连雪峰，仿佛也和它融为一体，"阳光下，我看见/绵延的雪峰，像我的脊骨一样有节律地起伏/脉管里，流淌着我温热的血液"（《祁连山脉》）；站在山冈瞭望，"一个身影，磨刃，下地/扑进原野/撞疼了我的心"（《瞭望》）。

如果撇开边塞诗不提，单从地域性考虑，从雷立喜的诗中我们可以一眼识别出他是一位河西诗人。每个诗人都脱离不了地域性，地域性有时是局限，有时则是诗人区别于他人的鲜明风格。霍俊明在《雷平阳词典》中有专门一节写诗人的"精神出处"。我也曾听雷平阳讲过，一个诗人必须要有自己的"精神出处"。如果说雷平阳的"精神出处"是他的"云南空间"，那么，反观自身，我们生活生长于西北河西走廊的诗人，雪山大漠（再具体一点可能就是祁连山和黑河水）可能就是我们的"精神空间"和"精神出处"。当然，我们不能以贴标签的方式，狭隘地理解一个诗人的地域性和"精神出处"。"诗无定式"，同样"诗无定义"，我们写诗，不是在给自己定边界，可能更多的时候是在试图打破和延展这种边界。臧棣说："西部诗人的创作虽与宗教文化和民族传统关联，但创作内核并不直接指向宗教本身，而是在自然性与神性的交织中，蕴藏着丰沛而多样的诗意感知。"或许每一首诗鲜明的地域性风格背后都有我们难以看到的无限可能性。

"我学诗学得很慢，三十年了/还没有出师，却仍以诗为师"（《关于诗》）；"画马之相，猎风之影/你有了鬼斧之锋刃//词语在枝杈上舞蹈，转瞬/草窠间落下一颗星星，异乎寻常/你有了向死之心"（《诗歌》）。以诗为师，雷立喜读诗、习诗可谓孜孜以求。半生仕途，回首来路，诗歌成了他生命中不可或缺的东西。已过天命之年，才出版自己的第一本诗集，他似乎也在诗中寻找着一条返璞归真之路。他的诗中无数次写到童年，写到父亲，写到发小和去世的亲人，写到家乡的一景一物。仰望雪山，看到伟岸辽阔；俯首人间，沙枣树、老矿井、小花、蝼蛄、小蚂蚁、麻雀、敲架子鼓的老人、湖中的残荷等等，都能成为诗人诗中的一个精神支点。诗人评论家霍俊明说："由诗到诗，由词到词，由词到物，他们最终解决的是词语的挖掘和精神自审之间的交互过程。"细节描写和细小之物的挖掘，可能更能显露一个诗人的精神质地和自审自觉。雷立喜的长诗《流年》几乎是他自己的人生映照："我汲水，我露宿/我种植，我收割/我放归自己在这片神的应许之地""那就做一株稗草吧/不择地势，葳蕤莘莘//那就做一棵苔花吧/长在阴处，开在石下//那就做一只虫豸吧/踟蹰前行，瑟缩游弋/那就做一只水鸭吧/湖底河面，青苔上漫溯//那就做一只盘羊吧/放哨戈壁，发愿荒原//那就做一次雷电吧/点燃自己，焚烧星空"。经历了无数岁月的洗礼和磨砺，对自由和纯真岁月的向往，让他放低了身段，甘愿一低再低，低到和草木虫豸一样的位置，去感受人间百味。同时，这种低调不是颓废，也不是回避；他也渴望着人生的跨越和释放，以及生命的一次真正升华。

写诗是一种生命体验，"在词语中重生""在诗歌里献祭"，雷立喜对诗歌的追求，与他对待生他养他的这片土地一样，是回报，是滋养，也是一种慰藉和救赎。"我站起来的时候，群山立马蹲了下来，/隔着青山，我看到了青山外的青山……登泰山而小天下，登羊台山而小我/壁立群山，我确实矮了几分/咬定青山不放松，我依然是一座陡峭的山峰"（《山吟十一行》），从诗中可以看出，诗人对诗歌有一种顽强的自信，也有一种更高的期望和抱负。当然，写诗犹如登山，每一步爬升都不容易。但尖峰之上，有万劫不复的深渊，也有一望无际的辽阔。希望他能站得更高，走得更远！

武强华：诗人，入选"第三届甘肃诗歌八骏"，中国作家协会会员。

目 录

放歌张掖

1

大片大片的云絮翻滚，仿佛历史的延伸

探头，是茂盛的青海
回望，是广袤的额济纳
青稞点头，那是汉唐隔世的问候
一列列飞驰的高铁，似琴键轻轻敲击在走廊腹地

2

穿过石佛寺，响水河，一河银子
流淌在时间深深的峡谷

我是打马进来的，一股风，一阵雨
高高低低，起起伏伏
一路，像那只旋飞的大鸳
盘桓探秘在扁都咽塞

3

黄绫罗，绿绸缎
碛石铺陈，绣着隆重的毛花边

一只宗教的蜜蜂，上下翻飞
哲学式，转动经筒
在金色的油菜花上闭目诵经

嬉戏在隆畅河边的，是十八岁的裕固族姑娘——白云朵朵
赛马道里响箭，婚礼场上溢虹
清亮亮的，似飞天仙女散花，神的化身

4

打马走过青稞地，飞驰奔腾马营坡
大草滩，焉支山，窟窿峡
花草被一层一层垒高，心气被一坡一坡拉远
好似你与高处的雪峰和远处的天际线焊在了一起

鸾鸟湖，骠骑将军大营
槐溪小镇，你想走都难
况且还有烟气袅袅的羊蝎子帐篷，不时打旋的灰白色老鹰
盘山道上接火，悬崖边上缴械
旱獭拜佛，石兔打洞

雪豹寻道，岩羊开泰
咸鱼翻身，鹞子腾空

5

峡口古堡，泽索谷
一把精致的古铜色钥匙
就挂在我的腰间——
锁控金川，钥扼河西

点将台，斑驳的青灰门洞
破败的牌楼，勒进腰身
飘带一样的丝绸之路
那是我的血，我的肉，我强壮的骨骼
我的前身，你的来世
一本本，陈列在卧佛寺藏经阁厚厚的西游经书
不止佛，不止学问，不止生活
不止精气神的魂魄

6

长城啊，就是我飞扬的两根缰绳
驾驭吱吱呀呀的高车，奔跑在无尽的廊道

羊台山，就是我的一个支点啊
绿洲，荒漠

向阳而生，向北逆行
翅翼着我的雄心，撬起空蒙的苍茫和壮烈

7

发如雪，侏罗纪，冰川期
一直流到了大河西
勃勃生机，走廊千里，万里

绵延的高山是我年轻的头颅，狭长的原野是我博大伟岸
的身躯
北部荒漠是秘籍，是泪水，也是倾心修炼的后花园
万流汇聚，浩浩汤汤，以弱水的名义，逆正义汇居延而
九曲不复回

大漠孤烟，长河落日
我们都是河的子孙，一河的子孙

祁连山上放牧，合黎山下汲水挖锁阳
黄土地，太阳花，黑水河里摸虹鳟

8

高山，森林，草甸
湿地，湖泊，荒漠
亦步亦趋，一景一幻

风如马飞，马如神行

超现实主义的一抹胭脂浇铸在我新娘的头上
平山湖大峡谷凿壁逆光喷薄而出
外星谷，芦水湾，神沙窝，居延海，燕然湖，云中湖
渺渺水波湿地，天鹅恣肆翱翔，我行船荡漾在万顷碧波
你的万花筒，地貌景观大观园
冰沟阴阳与你联，魔鬼城堡逼云天
石破天惊，唯遇唯求
骨子里透射出的都是灵气，都是魔方
光年修成的莲花正果

八声甘州，回到张掖，阿兰拉格达，张国臂掖
霓虹羽衣，相约千年，景随你走入迷离，情惜我恨此生晚

金塔天女飞彩虹，香飘万里百果岭
木塔顶上摇风铃，西来禅院焚香礼佛
马蹄临松飞燕还，文殊山阙啊，那是顶级的西天禅会
黑水国，骆驼城
谁不想和时空倒扣在一起，光阴的纬缦
你梦里翘起的一角妙曼的轻纱

鹰击长空，空陆弦飞
"两廊两圈五联六环"首尾相连，神游画廊里
出将入相，尊享"六乐"太平盛世极品会

高峡出平湖，电流东西飞
智能制造，东数西算，师出有名扬四海
风光水火氢醇，发输储用造一体化
山水林田湖草沙冰齐统筹，森林城市，"三线一单"助
力"零碳"排放
莺歌燕舞，百灵欢歌，两山实践出真知

军魂精气神，红色灌长空
赓续濡养，采薇探微
"五治"融合兼备呈盛世华彩

南国风韵，北国风光，鱼翔浅底燕子衔泥雁高飞
一屏振翼，四城五区，不似江南更胜江南尽风流

9

七彩丹霞是你的，也是我的
万年前为万年后的那场约会
一只血性火狐的疾飞和浓墨设色

合黎苍苍，龙首如黛，隆重演绎的
是一场丝路花雨的缤纷流彩

晒经台上，白龙马的蹄音
仿佛天庭的钟声，你在你的心里
肯定又取了一回真经

10

大风起兮云飞扬，谁持彩虹当空舞

风

(一)

风啊，掠过时光深眠的海

被一伙盘羊，和一群黄羊挟持

戈壁深邃的苍茫，述说着

凡蹄撩拨的烽烟，占据

我祁连的南北东西，囚锁你

汉唐后宫，秦砖瓦砾

后羿，张弓搭起的箭啊

要我，呈现什么样的博爱

你才肯，射出倾心之箭

在，我的河西大地

(二)

风啊，我是

额济纳胡杨的一片肺叶，三千年

我只求，躲过今生的一劫

去做黑河，那尾放生的鱼

想西去敦煌，为

匍匐的大地，镀一层金身

（三）

风啊，你的烈
怂恿正义峡，掀翻黑河
撕裂的日子，豁口一个接着一个
堆积的尘蚀，剥下
秦长城的老皮，临风育树

（四）

风啊，在历史深邃的眼里
霍去病浩荡的战车还在嘶鸣
张骞的驼峰，追赶月氏马帮的吆喝
在丝绸古道上来往的客商中穿梭
此起彼伏

在风中，在河西
我是一颗微粒，透明的珠
岁月上的雾霜，一根麦芒
一匹瞭望的狼

（五）

风啊，你的柔
多像母亲的手掌，和盘托出

永固城廓的簸箕，簸出
红枣黄杏、苹果樱桃的紫
至今，那个嘶哑的风铃
如我挂在走廊蜂腰上的深爱
响彻大地

那 年

那年夏，不期的雪
覆盖了我的天空
和我未曾谋面的人
所有事物由远及近
按黑河的流向抵达水中

我想好了
我要出趟远门

我要做原野里疯长的庄稼
一朵向日葵
向沁心的烈焰抛撒媚眼
哪怕躲在凛冽的风中
我也要挣扎着疯长一回

我想好了
我要出趟远门

父亲啊，我不会举起泥块
撂下麦场的闲事
母亲啊，我不会慌不择路
丢下生活的零碎

小侄女门前的咿呀
窗中，旋起的涡花
怎能不让我的人生羞愧

我想好了
我要出趟远门

在冬天的某个夜晚
在山花烂漫的季节

即便面背大海
即便春暖了花还未开

我想好了
我要出趟远门

弱水谣

1

母亲唤我，我等父亲

且有路过的神
且有远远近近的狗叫声

我们耗散了一整个晚夕的
月光

2

花喜鹊叫了
狸猫儿闹了
李石匠进了南山
王油匠翻修磨盘
苇席匠刘歪脖裹着席子埋进了红土崾岘
都说天气不等人

3

玉米缨缨
麦芒长成了钢针
转眼过了芒种

4

父亲一次次扑进原野
施肥，割草，磨镰

燕子来
燕子鸣
燕子飞进细雨中

青稞黄
日头滚过西山梁
红柳青
弱水河里摸虹鳟

5

一山云
一河雨
一摊石头像羊群

合黎山上养猪

枣树林里采蜜

6

苦水地

盐碱滩

太阳花

柳絮飞，柳絮扬

羊台山下挖锁阳

豌豆谣

小娃娃，摘豆豆
眨眼扑进豌豆地

豆蔓弯，豆蔓长
一群蝴蝶花翅膀

娘亲喊，爹老子赶
一溜烟儿躲进羊圈里

悄悄地
躲过一场雷阵雨

憨头娃，蛮妮儿
剥开豆角笑哈哈

玉米谣

一次次暴打
一次次重生

绿，就绿个够
黄，就黄个透

狂风骤雨
雷鸣电闪
倾伏平展展的原野

一次次扶幼，加塄
一次次施肥，灌溉

玉米，玉米
亲个嘴儿

心里吐出红缨缨
绿衣裹着嫩身身

那年（二）

那年，大年初一一早
爹娘和大哥，到山神庙捡拾柴火
兄弟姐妹六个围坐，黯然等了一个晚夕

暮夜，他们喜滋滋拉回
满满一架子车，黑铁蛋蛋一样的骆驼粪
我们总算熬过了，分家后
第一个寒冷的冬月

大河鄂博台子

一座鄂博
几间被雨沤黑了的木屋
两个牧民，碰了碰袖筒
一只藏獒看了看天空

一根绳子足矣
一片草地足矣
一群羊，和白云混在了一起

老虎山就是一只只老虎
其实，更像一匹匹马
从山顶俯冲
顺着斜坡飞了起来

一河的银子，哗啦啦，哗啦啦
装进了时间的口袋

玛尼堆上
鹰舞经幡

西北谣

1

格老子的，神经兮兮的
刮刀子呢，咋就那么狠呢
直勾勾的，剜肉肉、钻心尖尖呢
一会会在哈密，晌后就到了敦煌
酒泉城里耍猴子，看迷眼呢
跑上那么快干啥呢

2

弱水长，苍山远
秋风劲，芦花飞

揪揪耳根子
挠挠脑瓜子
撩撩眼泡子
拉拉二胡子
吹吹笛笛子
亮亮嗓门眼眼子

3

青沙槽子，黄沙冈子
栽上红柳儿，压上梭梭子
砌墙挡风呢

崖头沿上种麦子，一个土疙瘩人人

4

风刮过来的时候
一个叫胡杨的乔木杆杆子
挂满了叶叶子
飞啊飞
挺直了蛮身段子，就是一个驴推磨

三千年死不了的
死了，三千年倒不了的
倒了，站成桩桩子搂紧哩
三千年朽不了哩，有缘分哩

朽了，埋进沙子
和石头说话话呢，海枯石烂不变心
石头剪子布，戏耍呢
死也要做伴伴哩

5

烽火台上烤火，城墙垛口掏鸟窝
一身土，玩躲家家呢

三九三，野狐子冻得没处钻
腊七腊八，冻掉下巴
山神庙上拾骆驼粪，打烧柴过冬哩

6

秋天割苇子，过年换席子
腊月丫头红脸蛋，嫁人了哩

四坝街上敲锣，台子寺上响鼓
赶集呢

夜里点灯费油窝一炕人
念河西宝卷呢

鳌子头上加柴，鳌子底下凑火
烧喜馍馍娶媳妇呢

纳鞋底子，熬红眼子
穿虎头鞋子，戴虎头帽子

唬人呢

点点窝窝，鸭鸭吃水
红缨缨，绿嘴嘴
扑棱棱飞掉了，哄娃娃呢

锅盔上点红点点，弯月牙儿
看亲戚，瞭亲家呢

7

过了腊八就是年，二十三日祭灶神
跳房房，年来了，穿新衣服呢

腊月三十写对子，贴门神
封门避邪呢

坐一宿，守岁呢

初一的饺子，初二的面，初三的盒子往家转

8

正月十五吃元宵，刘瞎子街门上弹弦子
迟到八门眼子上了，图热闹哩

正月十六日，老驴老马歇一日
耙耱地哩

二月的马车，自制的冰车
拉肥撒沙呢

三月里的汉子，提不动一个罐子
摸手手，亲嘴嘴呢

五九六九，沿河看柳

七九八九，地里化了一锨头

九九加一九，耕牛遍地走
驴啃脖子工骗工，合在一起种麦呢

四月八河里放河灯，就一个顺

五月端午采苇叶子，包粽子
吃米糕卷，喝雄黄酒
念一个人哩

杨树上拴驴，啃皮呢，找打

老段段，裁线线
你吃稠，我喝清

裁咪笛，吹曲曲，一搭里上学呢

河边子上割柳枝，柔柔的
编笊篱捞面哩

咕咕，咕咕，催人种谷子哩
六月六，奶奶提罐子进沙窝
脱腰除风湿呢

娘娘针上弯钩儿，打澡摸鱼儿呢

碌子响，萝卜长，扬场去

沙坡上烧蓬蓬草，取灰和面吃长面过生日哩

八月十五庆桌上献瓜瓜、牙牙儿
愁苦的，想人人哩

霜打枣儿红丢丢，甜蜜蜜的
掰苞谷去

奶奶庙里一晌午，滑过河去
求人呢

9

"牛拉着车车呀车呀轱辘转呀
车头上，坐着一窝毛眼蛋"

"望上一眼马莲花，就算是见了蓝天了
听上一段尕少年，就算是爱上一生了"
吼上一喉咙秦腔，就算是见了包青天了

10

九，九加九，九乘九
就是一个滑溜
就是西北偏北

泪哗哗，泪蛋蛋，泪人人，泪亲亲
稀里哗啦，让人贼想的地方

长庚星

居延湖边，九孔桥上
突然的一声雁鸣，仿佛一颗石子
跌进了一道时间的夹缝之中

车灯，布景灯
飘浮在半空中
交会出一大片寂静

滨河新区，甘州府城……
一切都慢下来，像要凝固，像要
进入一段多长的回忆

是谁拨动柳枝，仿佛黄昏眨了眨眼
是谁晃动腰身，仿佛佛理了理神
一丝耳语
长庚星，一根针
刺灸着这渐渐凉下来的夜空

暮晚，仲夏
尚有几声隐隐约约的吉他

丹霞口：石头城谣曲

嗨，嗨，嗨，呀，呀，呀……
九十九把二胡，九十九道岭
九十九把琵琶，九十九匹马
我怀抱胡琴
山峦起伏
万世铮琮

红山水库
一船烟云
一船燕子
一船辽阔天空
一世尘缘
卷起千堆雪，琅琊红透灵魂

喻丹霞
拟刀山
你是谁，我是谁
我就是三千年前的那个刀客
弦断中，谣曲生
河西妹妹
一场痴狂的爱情

敲一下天空
敲一下大地
打开月亮的门洞
我在尘世
像一只蝶蛹，永世的标本

一万米
九重里
苍鹰啊
不到侏罗终不回心

月氏呢，羌笛呢
胡杨梢头那长长的哨声呢
牛羊哞哞，马蹄声声
夕阳的红狐一次次飞临
又一次次低吟于夜空

喊一声啊，汉朝
喊一声啊，唐朝
宋朝，元朝，明朝，清朝
民国的范儿

是谁穿越了你的窗牖
是谁掠过了你的城垛
长成了大漠爆裂的风景

那就跺一跺脚吧
那就拍一拍手吧
那就点一点头吧

南丹霞
北龙首
头顶啊，雪一样的苍茫之中
我终究还原了一次
大雪西域人生

回到张掖
回到石头小镇
我等你
哪怕是五胡十六国
哪怕来世

千回百转

白马桥
百花池
喊泉
老爷车
万年床
李氏炒拨拉
三号回院
马鞭草长莺飞的十八里长廊

雁子回归

海枯石烂

望眼欲穿

我就是要把走廊下

我就是要把城廓穿

一船风

一船雨

闲情横生

弯弓射箭

风里一回

雪里一回

四百吨沙子呀

妖娆敦煌

妩媚甘州

大漠的沙尘

一次次在明处取火

暗处生辉

我是一只擦地疾飞的灰狐

翻祁连

游北漠
其实我也穿越青唐到过大河源

八百里流沙界，三千里弱水深
鹅毛漂不起，芦花定底沉
我的咒语
我默念了千年，万年

晒经石上
白马的蹄音
仿佛天庭的钟声
我在我的心里，又取了一回真经

千山回首
默念似金

闪佛寺的道根和尚顿了顿足
敲了敲木鱼
又续上了一炷香

天空是宁静的，天空是干净的
像新婚，像海蓝
明净，高深
时光的慢

丹霞口似乎张了张嘴

石头城仿佛眯了眯眼

神啊，身披大氅立于南台

瞭 望

西北风一吹再吹
我站直了身
山峦一样鼓凸
青丝隐隐
门口的老榆树又一围裂纹

一个身影，磨刃，下地
扑进原野
撞疼了我的心

槐枝蜡黄
枫叶降霜
荒芜覆盖的小冈呵
那个是我在尘世里最后的惆怅

合黎山，一次又一次被推远了
我起伏，蹲踞
在风中
瞭望风，像是在与时间较劲

鹰鸽嘴水库

头一低再低
已是弯曲的九十度了

是焦渴之急
还是难耐之至

是衔得太紧
还是咬得太深

沉重的岩石
堆积太多褐黄的肤色

山路起伏九曲
左岸，被一辆辆疾驰的车扯远了
像要飞起来了

干滩上，一只淡蓝色的清淤船
孤傲坚硬地回忆着喧嚣的过往

太静，太静了

观水亭是静止的

绿缆桥是静止的
还有被衔住的水坝和冰面也是静止的

饮河源的风，也饮山谷
这狭窄天空无尽的流云

五松园

一劈再劈
泪流干了
血榨干了

三烈双忠
已是一尊，被黏接了的
枯了的木雕了
树身蜡黄，遒劲苍苍
旁侧，已入主五位
年轻的新贵

稗草一片枯黄，残雪并没有完全覆盖灰褐色的泥土
夕阳蒙昏，从西边悬崖一样的高楼顶上斜披下来
园子似乎又被围起来了

孟武呢
彦昭呢
不远处的冯园呢

此时只有一地残砖破瓦四散着
像一个个漫漶的眼睛，冷静地对视着

此时只有几只乌鸦，呱呱，呱呱
像一张张四散的书页，翻上翻下
飞近又飞远了

此时只有几群麻雀，叽叽，叽叽
像一面面杂芜的斜坡，起起伏伏
拉近，又被扯远了

河西：夏至

一再被古歌磨损，时间
磨损了的洼地
浩浩汤汤的洼地

风，起底式侵入
倒灌曲折莽撞的原野

山峦、草木、楼群、布谷
都伏下了身子，一低再低
已是艰涩的一百八十度了
还要压得再低
似乎被拎起来了

梨花，鬼魅一样摇曳
越过风，瞭望复辟的山河

虚 幻

一百零三岁的导师走了
说实话，我有些寂寥
更有些悲凉

顺着银河的灯带一路攀缘
一路打捞，曾经投丢的石子根本无法一一捡回
以为饱满的大脑，以为明锐的思想

繁云密布，星汉瓦亮
故事的蓝本一日消瘦一日

麦子、玉米清澈起来
河口的桥板清澈起来
那个曾经衣衫褴褛的青涩少年清澈起来

虚幻一一呈现
掠过故乡灯火阑珊的低矮屯屋
门前，拴在老榆树上叼起我脖颈
一再撕咬，被祖母决然抱下
一再雄起的那匹枣红马，嘚嘚嘚跑来

献　诗

果子攀上枝头
那是根的奉献
你无须告诉风霜

蚂蚁爬上山冈
那是坡度的奉献
你无须告诉雾岚

飞天塑进洞窟
那是神的奉献
你无须告诉星汉

溪水穿过罅隙
那是石头的奉献
你无须告诉泉眼

万千世界，花花草草
皆是缘
缘起，暗陡生，莺飞草长
仿佛我和曾经娇美的母亲

鹊 窝

一阵风，电缆
蛇一样弋动
停在电线杆顶上
晃了晃，又晃了晃
一只喜鹊，迎风喳的一声
飞远了

洞口似有影子在动
车驶过去了
猛然回头
原野上，一根火柴支棱着天空
展开一个巨大的夹角
和云的重

太阳在云隙间闪动

光与影幻映
晕与虹叠印
我点了一笔，又点了一笔
水墨恣肆洇染，挥洒大写意的天穹

谁持蓝宝石晃动
在树梢，在云隙
跳了一下，又跳了一下
而后，加速转动
撒下一绺一绺曲光的黑粉

高楼，发暗的柳树林
人工湖，跃动的群鱼
健身器，晨练的人们

书声，歌声
不时的鸟鸣，稀松的马达声
轻风微澜，多么像
一个人慵懒的早晨

是谁翻了翻书页
是谁又挪了挪腰身

神已降临，那是我长久的臆想

洒脱的魂灵

中年，偶遇一场大雨

顺着滨湖南路，乘着一点零星的小雨
我徜徉在浓浓的绿荫里
恍惚中，沙枣花浓烈的香气
夹杂着车流旋起的气浪将我氤氲
似柳枝，飘逸在曲幽的小径上
忽而向西，忽而向北

雨势越来越大
我的步履仓促而密集
一阵游走不定的大风后
雨，瓢泼起来

我顺路奔跑着
过往的车辆如舢板不时从身旁急速滑过
又撞入深深的雨幕
远处，模糊的晚灯
飘忽，闪烁
游弋，战栗
人间，恍如隔世

独上西楼，我的悲悯和隐忍
占据空蒙的天空

心湖被一阵又一阵鼓荡的冷气

推起，放下，又推起

泪水夺眶而出

楔入漆黑的雨夜

沙枣树上还挂满去年的果实

春天了，道旁的沙枣树
树干粗裂，结满沙枣的枝条
举鞭，驱赶着呼啸的车流
枣红的、橘黄的，甚至发霉的沙枣
散落满地

曾经是我的口粮
如今，影单形只
无人问津

一只乌鸦的伤心也不过如此
一面崖壁的断裂也不过如此

此刻，虚妄显而易见
此时，幽怨不易觉察
譬如，刚从头顶匆匆飞过的麻雀的一声尖叫
失重，战栗，荒芜

呃，还有多少命运的苦涩，甚至灰暗
悬匿发梢，随风跌落
刺痛中年、老年
甚至暮年的神经

冬 夜

一个寒冷的冬夜
父亲掌灯，母亲纫线
赶做我们过年的新衣
油灯如豆，照出一小团发黄的光亮
父亲晃动轻鼾，一个激灵又一个激灵
又掌正了灯，脸上渗出沉沉的倦意
母亲微微撩了撩眼皮，瞅着父亲笑笑
摇摇头，又笑笑，在秀发上挑了一下针尖
又挑了一下针尖，继续佝偻着头
飞针走线，北面墙上
映出他们温婉的影子
沉迷而安详

老矿井

拿什么比喻
都比喻不了此刻被暴雨肆虐的一口老井
戈壁深处，不是风吼
恰恰是你，像一只苍狗
张口吠叫，抑或
猖狂蜷卧
独守孤山子口

所有的粉尘
都是你身上抖落的艰辛
不是你心黑
你的黑，燃亮的却是红红的火

半个世纪了
有人采煤
有人采着身体里的鸡血
一群戈壁石鸟
盘桓着，飞起又飞落

一滴雨，就是一声鹰唳
就是一声鸟鸣
敲响了空空的天空

龙爪榆

注定前世是榆的命
注定今生要以花的名义
粉饰太平
想赌一世的美好光阴

时间摁下头颅
压弯脖子，请君入瓮了
看似苟活于世，却禀性难移
反衬着我，被世事套牢的中年
龙腾虎跃的精气神

破房子

是谁探了探头
又探了探头
好像惊异我的出现

无顶
三面断墙
半地残砖烂瓦
墙头，斜挂着发霉的稿荐
一只麻雀跳上跳下
像是觅食，又像在
找寻人间烟火

一阵隐隐约约的锅碗瓢盆声
一只羊站在瓦砾上咩了一声
又咩了一声
直勾勾地盯着我
好像我是房子的主人
想讨要料食
隔壁房顶上有人影在晃动
不知在翻找着什么

侧了侧耳朵，似乎递过来一阵耳语

也可能是很久没有说过的一句话

这时的天空，比刚才

更空旷，更压抑

更无望，更寥落

流 年

1

我汲水，我露宿
我种植，我收割
我放归自己在这片神的应许之地

2

青稞点头
像是隔世的问候

隋炀帝巡游河西啊
弱水如弦，箜篌祁连
我弓身河西大地
仿若千年前那谁拉开的一把弓弩

3

玉米啊，疯长
高过我的头尖尖，扎在我的心尖尖
我们善良，彼此温暖

相互抚慰生命的流年

4

戍守边疆，我的甘州老乡
我们相拥的泪啊
奔涌雪水河的波涛
聊家乡稻谷年景，谈边关逸事物候
道一声珍重，我们相互作别呀
揣回千里路上万万叮嘱

5

男子汉
不敲闷鼓，不打哑锣
成家，立业，尽显祖上风骨

大雪封山，求佛问津
一回又一回，挡在世外
一回又一回，我又绝处逢生

6

烽燧上，一只鹞鹰唳了一声
敲开了雷家屯庄的祠堂
一缕陶云，一缕微醺

父亲轻迈庄门
我的祖屋，雷氏的脉根

爹啊，您宽背厚腰
曾背我，巡护山林
一回又一回，为我背送干粮
大脚针线啊，缝补我们的温暖

爹啊，在您的调教下
我学会了裁咪笛，滚铁环，摸鱼儿，捉斑鸠
玩老牛，赶猪儿，滑冰雪，打咪拉

爹啊，您曾教我扶犁，耙地，扬场
教我驾辕的把式，经营人生的本事
您柔若春风的柳鞭
曾在我脊背抽出圪棱，抽出血印

爹啊
每每霏霏泪雨，我都在用心读您
每每大雪纷飞，我都在用心写您
我用诗啊
在大脑的沟回里深深地耕耘

7

外祖母，你挑的桃子、栗子

至今，还在三哥的篮子里晃着
还在妹妹的裤兜里掖着
您把最光鲜的那一颗，留给了我的母亲

外祖母啊，一回又一回
我玩腻了愣是嚷着回家
您就是不让，拽着我的小手，转出转进
翻箱倒柜找铃铛，摸糖果
呵斥大舅二舅给我抓麻雀
扶我骑马，上墙
用土坷垃打狗

外祖母啊
我偷吃的那枚青桃
至今还酸着我的牙齿
却甜了我一辈子的人间

8

那年，我年少懵懂
走了一遭临泽城
祖母啊，您把我丢在了梦里
小小的月牙脚脚啊，颠得我一直心酸

祖母啊，一回又一回
我赖在您怀中

撒谎，哭泣，装疼
怕我饿着
偷着给我留饺子，蒸蜜糕卷
崩爆米花，打白糖水
一回又一回
唤醒我的乳名

9

祖父啊，我娶妻生了子
我的孙女啊，如今也来人世

如菊，如梅
如兰，如竹
如沙枣、胡杨、左公柳，生根西域边地

10

我浑身长满的刺
霜杀的血球啊
飘在苍茫里，落在人世间
沐风栉雨，饱蘸盐碱

11

我的苦难，我的泪水，我的深爱

那是，赐予
那是，叮咛
那是，希冀
那是，疼痛
那是，回光返照
那是，惊醒后的眺望
那是，一次次成功后的叹息

12

我要做黑河中，一尾温暖的裸鲤
我要畅游一回，人世间的泪水
我要坦然做一回，朴素的人类
面对祁连，大雪纷飞

13

那就做一株稗草吧
不择地势，葳蕤莘莘

那就做一棵苔花吧
长在阴处，开在石下

那就做一只虫豸吧
踯躅前行，瑟缩游弋

那就做一只水鸭吧
湖底河面，青荇上漫溯

那就做一只盘羊吧
放哨戈壁，发愿荒原

那就做一次雷电吧
点燃自己，焚烧星空

平山湖丹霞

我回溯了一下，又瞭望了一下
我知道，你肯定是我的前身
那个放飞太久，那个五彩的大鸟

我是一直顺着山谷下去的
一再留恋，一再迷离，又远眺了一下
巨大啊，我的平山湖丹霞

峡谷弯曲，一直伸向不确定性的空旷
像我前世的隧道，时光的慢
垂直的叠起很辽阔，但不一定是我的远方

此刻，水的波纹刻在时光上，已不可能一一取下
但肌理清晰可见
就如我长久流苏的经年
千疮百孔了，一个部落
最原始的经典

情侣峰，是我一次宗教般的爱情
九龙汇海，那肯定就是天光雷鸣交汇后，神的再次清晰的呈现
将军石又奈何，金龟问寿本来就是非分之想
那个钻进洞穴又奔跑在前面的石兔

回望了一下，又消失在更前面的沙洞

一棵树，茂盛地立在拐弯处
被一些崩溃后的山石簇拥着

羊群穿过迷茫处，又陷入了深深的沟槽
群体咩了一声，又咩一声
仿佛放羊老汉沉闷的干咳
挂在了崖壁上
和着青草，动了动，又动了动
快速又飘上了谷顶

这时，一只老鹰在盘旋，在起伏
就是不能抵达谷底，在我站的那块褐黄色的岩石上
长唳了一声，飞去了
很久都没有出现

祁连山下

连绵的草甸
雪山，雪山一样寂静

八月最初，不是我的声音
牦牛闲适在草坡上，反复反刍
打着喷嚏，哞叫着空旷
羊群和白云翻滚着，缓缓飘过了雪线

一再回望，一再翘首
雪峰，太阳的银镜
月亮一样照亮了，远方

不是青海啊，那是祁连山北麓
雪崩一样的爱情，从皇城滩、鸾鸟湖、扁都口、马蹄寺、
九排松、巴尔斯、文殊山
赓续而下，飞越高冈

北部荒漠，在焦渴、炙烤中
再次获得了垂泪，而成长为数千年的永生

风行处，你不是最窄处

溪流深潜，反复淘洗
一再寻找回去的路，或回不去的借口
沙石中掘，隙罅间通畅

苔米点点，最卑微的草，向阳而死
薄命的贱种，也能在最潮暗处
开出激动人心的，小小花季

宽有余，而窄不拘泥

我目睹，黑河一再踏平
年轻河床高昂的头颅，一泻千里
百折九曲不复还，久久激越
苍茫浓郁的生命之交响

途经青海塔尔寺，塔铃轰响
摇醒了我，也摇醒了塔尔寺千年的万棵菩提
亿万叶片发抖，十万狮子吼佛像，十万酥油花绽放

风行处，你不是最窄处

死亡是最终的理想，是想到别处看看

西风么，亿万年飘浮得太久，守一而终
胡杨，以底色的十足金黄，以王居天下
化干戈为玉帛，沉浸的脑袋
陈列出，清晰的思想和饱满的思辨

北漠，谁主沉沦，坚壁开示了视野
骆驼刺挑落的一个个圆，都是恒久的冷漠和清寂
无疾而终，坦坦荡荡

云么，飘来又飘去，更是了无的存在
变换间，辩证着宇宙
也辩证着我们，不确定性的幻想
正如我轻轻地来，轻轻地去
不带走天边丁点色彩

死亡是最终的理想，是想到别处看看
也许，很久以后我会轻松地飘回来
那时，是以神的名义

说一说，想一想，白牦牛过了北大河

说一说，你的疲惫
想一想，你的犹豫
说一说，孕海
想一想，陡坡
说一说，路口
想一想，那披黑裙的牦牛站立在暴雪中
说一说，风大
想一想，你的双眼
说一说，高耸的梁峁
想一想，迷失了的整整一个晚上

可能更有些别的
譬如，狂飞的老鹰
譬如，尖啸的秃鹫
譬如，半夜蹦下山崖的一对母子岩羊
譬如，狂吠了一个晚夕的长毛藏獒
譬如，拥抱自己
守了一辈子旧的、一只官僚主义的旱獭

说一说，那坡荒草
想一想，湖滩边那黑漆漆的一堆堆老旧的刺柴
都映照了那么长时间了，依然那么黑旧

通红的炉火，也没有点燃那寡居了久远的柴窝

哪怕一丁点的血丝，些微的寥寥火星

说一说，远

想一想，近

说一说，古

想一想，新

说一说，冷

想一想，蒸汽腾腾的牛奶炊饮

说一说，黑

想一想，长庚星

一根针，攀上银河的一条小路

说一说，青稞地

想一想，马场滩茂盛的九排松

别在草原上的一颗明亮的胸针

说一说，康隆寺响了又响的木鱼声

想一想，石窝山罗汉一样的红石头灯阵

说一说，响水河硬邦邦流走了的雪花银子

想一想，北滩坍塌了很久以后的老皇城

说一说，海牙沟头戴枝杈的白唇鹿

想一想，端坐在西岔尖峰顶的莲花神

说一说，想一想，白牦牛过了北大河

回　转

巨大的太阳侵蚀着绵薄的月牙
弦断处，垂流出最柔软的幽幽古典

清辉如柱，翻炒河床枯瘦如膏的斑驳躯体
咽噎汩汩，泪如倾，泣如雨
静穆沉思，只是高音处最伟大的原点或终点

不张却有弛啊，河
一弯九曲，悉数山冈如跳动的原始钟摆
密集淘洗，如丝如线的窄窄小路
一再回转，无以复加
更无意轮回生与死的固有窠臼

青山亦然，弱水亦然
秋霜，终杀白了
祁连山，年轻的长长发辫

夜如思，思如铁，
沙沙作响的耳语，快速打印着
高光时刻，深奥的密码和转基因图谱

十月，楸树上

楸树上，一只云雀在鸣叫
它叫得越响，楸子就越红，越清亮
橘黄色的叶片震颤不已

十月，在广袤的北方
在辽阔的河西走廊
在这凝重的秋日，这古老的蜜果
脸蛋一样绛红，并透射出它应有的眩晕

河西月

只是柳枝挑莲房，四月梨花落英纷

月如钩，引钩入玉，滩上长满说话的石头
月如牙，引牙入水，河里挤满温暖的裸鲤
月如钟，引钟入崖，山上挂满胭脂松塔
月如梭，引梭入巅，头上长满皑皑白雪
月如针，引针入沙，麦芒长成七月的钢针
月如叶，引叶入舟，十月芦荻遍地黄
月如弓，引弓入燕，天马飞越白塔寺天空
月如号，引号入铜，抻一抻臂窝，青纱帐里种谷子
月如角，引角入坡，白牦牛翻过东大顶
月如刀，引刀入银，豌豆花醉卧青稞梁
月如锁，引锁入咽，松一松脖子，永昌城里穿绸子
月如水，引水入碱，黄土岗上红柳燃
月如盘，引盘入窟，崖壁端坐广袤的佛陀
月如烟，引烟入火，四野都是粗壮的高粱
月如锦，引锦入云，天上都是弹琴的飞天
月如马，引马入草，天苍茫，穿合隆，青羊台上放骆驼
月如金，引金入树，天上地下摘星星
月如虹，引虹入霜，苞米地里腰鼓闪
月如灯，引灯入窗，玉兔玲珑闹天宫
月如耳，引耳入风，文殊山阙燕子鸣

月如眼，引眼入泪，大珠小珠落玉盘

月如线，引线入血，走廊落雪

月如弦，引弦入曲，凉州词，甘州乐

敦煌舞，酒泉酒，胡歌起，丹霞红

葡萄，琼浆，夜光杯

月如书，引书入经，佛睡白驹过隙

月如阳，引阳入怀，人间香柱

阳关雪，玉关白，瓜州蜜瓜爬上房

月如瓢，引瓢入盐，千回九曲的弱水

广场速记

清晨，穿过中心广场
呵，多洁净、多湛蓝的高高穹顶

车子如茂盛的叶片，人流似鲜艳的花瓣
浩浩荡荡赶往生活的现场

鸽子在青灰屋顶，咕咕，咕咕
缓缓，拉伸着阳光的丝丝金线
一阵微风，竟然没有摇醒
檐角，那锈迹斑驳的风铃
四周，楼群交错林立
如笏板，构筑着人类俗世的极限

广场中央，旗帜微卷
深情威仪地凝视着，连绵不断的祁连山脉
西侧，木塔静卧如处子
似乎要进入一段恒常的回忆

穿过马路，东南面是大佛寺和土塔广场
西南角，是香雾缭绕的西来禅院
中间，呈 Z 字形
坐落着图书馆、博物馆、美术馆和南华书院

都掩映在绿荫和高高的塔影中

所有这些，都是城市灵动的锦丝飘带
经纬线，黄金线
闪闪发亮，稳健地标记着城市的
发际线、等高线

关于你……

你就是一粒尘、一释子
即使飘浮在半空中，也要等阳光散逸后
空出，最后一毫米的距离
让天际翘起最稠密的意义

你就是一束花，天使般的小丑儿
即使开在高冈，也要等寒霜虐杀的那一刻
攒足了劲，一览无余
开出一片广阔的雪霁，让
寂寞的崖壁，产出伟大和庄严无比

你就是一棵树，低处的支点，高处的距离
即使倒在风雨里，也不失哲学般的范式
坚持那曾经的来路、锚定的贫瘠
也决不放松那认定的地理

你就是一只粗壮的蚯蚓，从来躲在泥沼的暗处
即使没有接受过阳光的濯洗，照样腰身熠熠
上下游弋，从来也不脱离幽默的壤隅

你就是一枚开裂的叶子，一根擦伤的羽毛
一摊平仄的洼地，曾经的水坞

在一滴雨中，求索生长最大的奥义

乌鸦，就是聒噪后天空弹射的
最后一粒尖锐的黑子，不时弹击着
虚无中，忘为的你

四月，正赶往风的路上

高楼是风墙，马路是风道
哈密的风，瓜州的风，阿拉善的风
高举马鞭，长驱直入

杏花落下来，梨花落下来，桃花落下来
还有名贵的迎春、玉兰、海棠、牡丹、月季
榆钱也像断了线的纸钱，翻飞在清明的深处
城市一片斑驳，柳树以旧换新
正奔跑在抽枝的路上

田野广阔，没有高大的乔木和茂密的灌木做支撑
一切都掺进去了，又奔逃出来
鸟斜飞的姿势，很笨拙、很丑陋
像蹩脚的美式哲学

四月，正赶往风的路上
没有现场

五月，我要和亲爱的诗人做一次最亲密的交割

四月的头探进来，风一直在延续
已经是小满了，但风还是像着了魔一样
从南到北，从东到西
深入辽阔的平原和河谷腹地
我的身体就是一扇打开的风门
也在持久密集地从风中，深入
打探内里繁茂的讯息

五月，伟大的屈子会乘云船而来
带着南方淡淡的荷香，以及
艾草的清寂和无奈，这是清明后
两鬓斑白、步履蹒跚的母亲
最盼望已久的团聚日子
我会带上三岁的孙女香玉
最好老大不小的儿子也相随
探入，儿时常要去的苇林深处
采苇叶，折蒲棒
更亲密的碰触，缠绕在半腰间数不清的鸟窝
顺势，静静地听一听
儿时溪流深潜环珮的玲琮，此时有什么别样

回来，和母亲包最饱满、最结实的粽子

傍晚，在黑河边
放河灯，抛粽角，献糕卷，敬高香
最好，明月也能来帮忙
我要会一会暗恋了一生的导师，尊崇的屈大夫
三叩九拜后，爷俩推杯换盏
谈一谈离骚、九歌、九章、天问的意义
以及写诗的要诀，深奥的心得

新近，办公室几盆绿植长得异常旺盛
一盆竹子，两盆榕树，两盆鹊梅
加上同事一盆浓香蜜意的米兰
煞是让人陶醉

五月，是诗歌生长最葳蕤的季节
我要和亲爱的诗人做一次最亲密的交割

尘世是无尽的光年，我沉默穿过青黛流苏的高高门洞

也许一丝风，也许一滴雨
也许一场大雪飘洒在青青的草冈

也许鸟的嘶鸣，也许马的神迹
也许一只梅花鹿偷偷没入遥远的山脊

一不小心，打了个趔趄
神的暗谕，你不经意发现了一枚松子坠落的最大秘籍

一片草地可以锁住春天，一围花圃可以垂下眼帘
一道曲径通幽的清泉把你引入秘密的后花园

也许轻信，也许狂妄
也许缠绵，也许缱绻
一株草，一粒沙，穿针引线

不要臆造了，也许就是痴心妄想
这里不是竞技的风暴场，也许
在五官打开之前，天空
会密集发散，关于生与死全部的奥义

尘世是无尽的光年，我沉默穿过
青黛流苏的高高门洞

磨沟泉

平铺的水草，如魔女颀长的秀发
在乌黑的泉底，更久地梳理着粼光闪闪的波纹
与初夏暖阳的强光，形成极完美的锐角
水流细长平缓，成群的鳟鱼
如丝带，在囿围的格子间滑动游弋

四周，成片的玉米似墨绿汹涌的海洋
在透亮明丽的微风中，澎湃激荡
汽车、拖拉机、装载机的马达声，人沸声
时有时无，都想极力挣脱陷落在低处水面上
那坚实而欢快的片刻宁静，包括长在岸坡
那些站立了很久、想走动的
壮实的杨树、茂盛的柳树
人工搭建的蓝色彩钢板房

泥炭纪，磨沟泉黑色流变的幽幽远古
冰川期，冷水洞穿历史的原始水车
深邃的波光，沧桑简朴的轮转淡出哲学
巍峨峥嵘，汤汤嬗递了一泉水金墨色的鳞甲

一群麻鸭划过水面，引起狗吠更尖利的撞击
惊飞一片广阔的麻雀，快速升上梯形的岸坡

临屏之舞
想再造洪荒吗

十一月，一场雪的示白

十一月，以罕见的一场雪示白
荒废，被大面积快速侵袭了洗礼
祁连山的头更白了，暮色又苍茫了十分

一切都被清空了，最后
胡杨，也以最惨烈的名义告终
都以展翅的姿态，暴露在风中
那么端庄，那么一览无余
包括，那些空洞
那些细碎的虫鸣，那些不易察觉的丝丝振动

似乎被攫住了，以物换物
以旧换新
泪水，那些碰触后伤蚀的盐
那些头颅高举后，顺势
落下的片片鳞甲和缕缕灰烬

看吧，康乐路一树一树的沙枣
落下后，虽经无数飞车碾压
人践踏，鸟啄食
但被梨花一样的雪覆盖后
却呈现无人问津的富足和安详

挂在枝头的，成串成珠

粒粒珠玑

一个个冻僵的小椭果，在雪地擦拭中

似经年的脸庞，绯红闪闪

在枝杈间，倨傲凌空

平静地凝视着辛丑年

星星点灯，照亮

这个别样的初冬和一场落雪

路上……

不经意，一根横斜的松枝
轻轻碰触了，你光亮的额头
请不要惊慌，这可能是
流动的风，找到了亲爱的云
亲爱的云，找到了温暖的雪
你尽可踏雪而去，或绕溪而归
一路清亮的鸟鸣，会为你做出最终的指引

不经意，壁立的悬崖
突兀地，挡住了你远行的脚步
请不要沮丧，这可能是
顽固的石头，找到了绝望的路
绝望的路，找到了回不去的出口
你尽可披荆斩棘而去，或和着夕晖而归
山头隐隐约约的高塔，会为你做出最恰当的比喻

不经意，你经过无人区
看不到路，没有一棵树
甚至一只极微小的蚂蚁
请不要绝望，这可能是
刚刚的沙尘暴，淹没了广阔的原野
广阔的原野，放大了大自然中的一切诡异

你尽可静候一匹瘸子狼出没

或一只掉队的鹰长唳

与狼结伴，与鹰同行

那是神眷顾后，对你又一次最确切的谕示

如果，你这时

正坐在巨大的墨色岩石上，沉思

或陷入人世无与伦比的伤痛

微风拂过，还不足以唤醒你

伟大的沉沦，那就

试试高大的橡树吧

叶片在律动，在闪烁，在拍手欢歌

和你肩并肩、手拉手

站到一起了，温暖的样子

如果，这还不能够使你清醒

那就让一场巨大的雨季，快快来临

花楸果正在成熟，我和你

一同坐在岩石上，听

橡树在天空的马厩里，跺脚的声音

新年，波尔卡

——2022 年维也纳新年音乐会记略并兼致 2023 年新年

波尔卡，波尔卡

鸽子在屋顶，咕咕
波尔卡，波尔卡

雪落山峦，鸟觅食在雨林
波尔卡，波尔卡

多瑙河彩练一样飞逝，亲爱的波尔卡您好吗
圆号再弯曲，魔笛再加长，在阿尔卑斯之巅
已有回环往复的暖流如潮汛袭来，最飘逸的慢板

美丽的星球，激昂欢快的和声
蜂儿一样，在自由之上轻扬

海风漾起，马儿
在神殿，在草地撒欢

亲爱的陛下，那目力所及之处
都是缤纷流彩的高高草冈

羊台门

芝麻开门，月兔打洞
羊台，羊台，打开天门

合黎山阙挖锁阳，银坡滩头牧山羊
弱水，弱水，再牵出一队黄土的骆驼

观音井

二帝足够渴的时候，自然想到了北海龙王
观音却出其不意地化解了难题，这就是再圆满不过的仙道了

水滴筹，一人几毛钱，却救了小金爸爸的脾破裂
小金连发了五千个赞谢，老韩感叹——
咦，这大道的人间

父亲走了，我成了无爹的孩子
但我还有八十二岁的老母，一地银白的月光
我已足够多，我不再羡慕有没有神的眷顾

路过观音井，我豁然得到了禅示

羊台歌

夕下牧羝，天台苍古
羊台，羊台，縻牢弱水

天穹庐，野苍茫
风吹枣花香两岸

落日，扶不住
我能扶住的，是一首
磨损了的古歌谣

仙人棋盘

受黎山老母之邀，太白、北帝云游羊台峰
闲暇之余，在山顶对弈
山神、土地、龙王列坐，牧羊人也前来观瞻
不觉晚霞飞渡，日头偏西
两人约定，三日后再弈
起身时，对牧羊人说：你快去看你的羊吧，上界一日，人间百年
牧羊人不信。仙人说：你看你的放羊棍
牧羊人低头一看，大吃一惊，着地的那头早已朽烂
话音刚落，人迹不见，再看棋盘——

棋子变成了磨盘，变成了吃草的黄羊、青羊
棋盘变成了沧海桑田，牧羊棍子变成了金灿灿的胡杨

后来黎山老母路过，又在西北设了一颗星
门栅里的火，就旺了

等清风明月擦亮了满天的星斗，月氏人也变成了昭武九姓人
游牧河西大地，骑鹿骑马，放逐天涯

玉皇观

想得道成仙，牧羊老汉放下了羊鞭
从大青山背石，弱水放木
终究落成了玉皇观，盘古开天，修炼仙术

那天登上羊台山，在峰顶寻觅玉皇观
连一砖半瓦也没有找到，我想
牧羊人肯定是得道成仙了，正在仙界注视着我中年的苍苦

回来的路上，我想只要玉皇观破得只剩下半间
我也不走了，住下在此焚香沐浴，洒扫厅堂
闲了，浇一浇黄蓬花，翻一翻晾在台上的经书
如果实在无聊，就和蜥蜴辩一辩经
和屎壳郎捉一捉迷藏，和山雀对一对戏白，打发余生
何必再烦劳这累赘的肉身栉风沐雨，攀爬这人间的天梯
神仙也不过如此，足矣

妈祖庙

妈祖知道是后来的事，她托梦人间大其庙

那天登羊台路过，在牧驼人的引领下
上了香，磕了头，拜了仙
还想了想闽人，怎么把茶叶和丝绸
从万里外的妈祖，经过羊台
运往绥远、包头、呼和浩特、巴彦淖尔、乌兰巴托

原来，河西走廊就是丝绸古道
月氏人，就是闽人的皇亲国戚留在了昭武

如今庙不大，让人直不起腰来的小半间厅堂
妈祖神像在上，简陋的供桌上青灰寸厚
烟雾缭绕，似乎仙境

更远处，白了头的祁连山
身披七彩霓虹裳的丹霞娘娘
正端视着痴情的郎儿，翩翩归来

羊台、长城与烽火台

争，没有意义

我想，羊台肯定是得了仙的点化
长了那么高，顺风和逆风的意思都有
不然，为什么东南高西北低
不然，为什么山上有观有棋盘
山下，有门有井有妈祖庙
还有放驼放羊的九姓昭武人

长城、烽火台肯定是后来加上去的
但也得到台的襄助，离天只有九尺九
我上前，剥下一把夯筑的沙土
不旧，和我绛紫色的脸膛差不多，是明朝的

特朗斯特罗姆

特朗斯特罗姆，你的森林
我来过，那天下午，风很大
在一块礁石上，我等了很久
还贪吃了几颗熟透的花楸果，却没听到：
橡树上空的星宿，在自己的厩中跺脚的声音

青石咀

闯入青石咀，和一只受惊的岩羊
比肩而过
转眼，它没入了石窠
好像眼中有血崩一样的爱情

那枚酸涩的青枣，我贪吃了无数
讹传，耳朵会流脓失聪
手指会痉挛无措，为此
我用破旧的铜锣，敲着试了好几个晚上

平沙墩记忆

登上平沙墩烽燧，是奔拾柴火去的
居然惊飞了一窝巨大的老鹰
举高站立，像霍去病在点将台上
搭手瞭望远方，升起一堆狼烟
干净的战场，荒野上
仿佛有嘤嘤悲啼的女子，筐篓旁
竟长着一簇粗壮的沙葱

涉猎黄沙窝，横卧在盐碱滩冰雪一样的床上
那年深冬五更，去山神庙拉运青石
十指渗血，两耳淌脓
居然没有流泪，还梗了梗脖子
拉了拉帽檐，紧了紧腰绳
不声不响，硬是撑到了日上三竿

喀纳斯湖

曾经最远的一次啊，到过喀纳斯湖的
新疆。那啥叫清澈，啥叫洁白
啥叫原始，啥叫感怀
图瓦人——

"羊皮""栅栏""呼麦"
"二""蓝领带""酒"
"胡笳十八拍"之一的"楚吾儿"

回来的路上，除了你不知道啥叫苍凉
啥叫恓惶，那棵桦抱松
松抱桦的子母树，究竟有多深的爱
让我想了整整一个晚上

那年，青海

那年青海，跨过了青唐，又走了河源

壁立高原，才知道

天就是地，地就是天

你别想，一辈子走到天涯海角的边边上

从此，知道了为什么

塔尔寺的屋顶是金色的，酥油花的泪比谁的心都软

青海湖

青海湖啊，并不全是盐
可能更有些别的
譬如，白了头的巴颜喀拉
日月山，鬼魅般的天光云影
丹噶尔古城，你不想再回溯一下
下若约村，你不想再有来生
哈拉库图啊，旷世的相思就留在那儿吧
到八宝河边逛逛，南滩能否走上一遭
新哲农场，就看上最后一眼吧
大山的囚徒，神的召唤
慈航，却是暖了一生的泪腺

高　车

青海的高车啊，碾过了高山
穿过了草甸，涉过了河床
林中试笛，就是鸟鸣后
你不经意打了一个趔趄
登上峨日朵雪峰之侧，抒壮怀啊
永铸神明，仰起那高昂的头颅
将宇宙之光，一一呈现

雪，土伯特女人和她的男人及三个孩子之歌

春天的芦水湾，春天般的一家人

春天里，波光粼粼的芦水湾
豢养着三朵出水芙蓉一样的女儿

大姐居延，二姐云中，三姐燕然
手拉着手心连着心，高中低错落
如洗练一样一字形飘开
隔着鹅黄嫩绿的层林，我看了看这个
又看了那个，个个美若天仙

玩性十足的儿子，穿过步云桥
蹦跶上了燕然湖，哼唱着小曲儿
明亮的眼睛，瞄射着飞回的大雁
儿媳，手持花环，笑如铃铛
在云中湖湖心挽着轻纱，细心装扮着白鸽子的羽毛
妻子，绕过心形一样的鲜花长廊
贴在居延海的一处岬角，欢快地浣洗着小鱼一样肥美的十只月亮
我手执调皮捣蛋的孙女，一步攀上了九门洞开的揽月桥
望着眼前的飞瀑，梳捋着祁连山的三千丈白发
会当临绝景，自叹已是迟来人

春天的芦水湾，春天般的一家人
似翱翔的天鹅，徜徉在春天的画舫里

蜣　螂

自以为聪明的家伙，夏天雨季来临之际
推埋羚羊粪球准备产卵的它，错将
气味和形状一模一样的银白镶被灯草的种子
当作羚羊粪球，填埋进沙地
深浅恰好也是银白镶被灯草喜欢的深度

几天后，粪球上产出了幼虫
而银白镶被灯草的种子，却从沙地顶出了鹅黄的嫩芽
对此，蜣螂仍乐此不疲
仍将银白镶被灯草的种子当作粪球填埋进沙地

从浅里说，蜣螂痴呆、愚钝
深里究，实不过为动植物王国自然而然的生存法则而已——

蜣螂挽救了种子，银白镶被灯草为蜣螂提供了庇荫之所
相互埋汰，互相庇佑罢了

相较于我们人类，蜣螂无疑是广博的

清　明

一树杏花磅礴，终是我的春和景明

父亲，我携着孙女来看您
儿时的我，被您拉拽着手
跪倒在祖坟前面，煞是一脸茫然

孙子在坟地绕行、撒欢，银铃儿似的笑声
如小锤，轻轻敲击在沉沉的钟房

父亲："这不是孩儿大不敬啊，
这是当年我敲打您钟房时久久的回响"

我低头默念时，微风吹过高高沙冈
整坡的梭梭、红柳林起伏有致，如梦影随形
不远处，弱水冰浪排空，缓缓西流

傍晚和早晨一样，只是你错过了看见

花是旧了些，叶片依然光鲜明亮
颠簸了一天的你，早已无法自拔和抽离
犹如喜鹊和乌鸦反复的类比和推演

暗物质在明处，你煞费了心机
傍晚，它却有超乎寻常的掘墓之光
像浮世的粒子，如影又随形

不要担心打不开，更不要
担心吸气时一张一合的急促
阳光照常升起，暮色娉婷如约而来
如你的梦和醒

背过身去，或转头回来
留下肉身如雕塑般闪现，永远都不说再见

傍晚和早晨一样，只是你错过了看见

山楂树，绛红色的小椭果
一再向你回首，并平静地凝视
尘世中萧索的你
就像神看见了神真实的倒影

西来寺

西来，就是从遥远的西边来
但，并没有说坐地在此成坐佛
实际上还是向前挪了又挪
不然，哪有旁边迦叶如来寺
山丹大佛寺
凉州白塔寺
西安白马寺
杭州林隐寺
北京大相国寺

唐僧师徒西天取经路过流沙河
老龟问寿，唐僧双手合十应了一个圆满
回来还是一场空，弄得个船翻经湿
羊台山上还晾了九九八十一天
最后，留下八戒做了高老庄的女婿
至今还在闪佛寺旁，种草种花
生儿育女，养鸡养鸭

西来寺，我总共去过三次
投胎前，我不知还有人世
从娘胎呱呱坠地的那一刻起，我又不谙世事

那几年风大，生活飘摇
我进去过，如来佛、观世音菩萨
或慈眉善目，或面如莲花
都是长者，都是我在此举目无亲的穷亲戚

从寺庙出来，我似乎得到了开示
知道了，木塔寺下
迦叶埋了一千年的一颗舍利子
怎么就长成了万千菩提树
亿万叶片发光，亿万菩提果微微颤抖

广场宵夜圆舞曲

啪斯特，啪斯特，咿呀嗨嗨
啪斯特，啪斯特，咿呀咙咙
啤酒加咖啡呀，咖啡兑香槟哟

炭火蹿咧，气流炸呀
蓝头发飘哟，红鼻子蓝嘴巴呛咿
熊出没，死碰砖头墙，口是心非在作妖

啪斯特，特拉维夫，咿呀个嗨斯特喊喊
绿毛人，黑精灵，粗尾巴曲曲往上翘劲啦
格瓦利西，似乎巴西里约热内卢广场
神秘的夜莺

啤酒，香槟，烧烤，狂热的青鸟
一曲晚钟的唱和、美妙的回应
自以为，在桃花源深处

夜，一层层随眩晕的波涛冲浪
又，一波波随尖唳的狂欢而快速塌陷
挺拔的高音部似发红的铜丝，悉数俗世最爆棚的摇滚
中年的你，是否已准备妥当
能否巧舌如簧，精准应和

并自如地接受周遭魔幻般的拷问

气流再一次上升，快速抹平了
潮涨中，早有留白的你

影 子

偏于左，倾于右
抢于前，猫于后
总是，瞻前顾后

附于高，攀于矮
充于胖，纳于瘦
转眼间，又龟缩成一个机会主义的小圆点
看惯了巫山不是云

闯河湖，行山川
攀崖壁，踏泥泞
铜铠铁甲，剑走偏锋明修栈道暗度了陈仓

人和影子，有时
人是虚妄的，有时
影子是真实的

我和影子打了一辈子交道——

觉于慧，诚于言，从于善
横刀立马，立天地之中心

不为影子恼怒，不被影子羁绊
不以无影之影，掉头，转身

敲架子鼓的老人

印堂发亮，天空发红
青松下——
山和鸣，水同音

敲一下，再敲一下——
这不是沉默后简单的启示和上扬
更不是重复后，繁杂的反转和回旋

夜巡的小路，我和父亲
深一脚，浅一脚，往复辗转
熟悉又漆黑的山林，无数次交割后
我们又蜿蜒如蛇穿行

老人啊，您轻易的脚程
是我又一次久远的山行

罢罢罢，亲爱的白头海雕

俯冲，嘶鸣
一阵阵暴风，掠过头顶

谁啊——
你的领地，你的天空
一次次骄横，劫掠了我的行程
大片的劲荷，渺渺的水波湿地
我都悉数交出呵

你，你，你——
这湿地是你的，这水草是你的
这人工搭建的栈道也是你的
还有题字的廊亭，不讲理啊

那天空的宁静交给你，这清澈的水面还给我
这芦溪哗哗啦啦，似远似近的流水声
从中间豁开，一人一半，谁也不欠谁
这枯寂的沙枣树林，挂着的几个鸦窝
你也没用，就送给我发霉吧
陈旧归陈旧，苍老归苍老

至于打更的人嘛，我请人打上几夜

然后，埋进时间的深处
让它自拔，久远加孪生
就够你几世了，哪来时间袭扰我

罢罢罢，亲爱的白头海雕

秋　声

天气阴沉，皱巴着脸
门前，拧弯了脖子的老榆树
也皱巴着脸

我缩着身子进去，是一个初秋寒凉的早晨
萧瑟的西风，拍着略显僵硬的树身
黄绿相间的叶子，落了一地
好事的麻雀，也赶场一样
叽叽喳喳，落了一地
和着律动的叶片，汇集成
移动不定的小岗包，在窄窄的院落沉浮

游人稀落，大殿比往常寂寞空旷了许多
五六岁的男孩，来回奔跑
朗声震颤，但没有惊醒年轻母亲
端庄的沉思

迈出寺门，极目远眺
祁连山的头发，依然白净
颗颗清晰，像一面镜子回照着我的前世

这面阔七间、进深三间的大殿

虽比平时寥落清静了许多

却够得上我，几世的辽阔

渡　口

大湾处，横向河道
两岸，锈迹斑斑的钢丝绳向你伸去
弯曲的弧度如你的美，似有
温婉恭顺的寒意析出

走上岸坡，绳柱、拉筋淹没在草丛中
看上去，绳索似乎比平时更牢固
更密实了，简易的茅草屋
早已被拆除，只有石化了的黑锅台
烟熏火燎，像冒着丝丝热气

一阵风，尘埃中
旋起，像有烟气一样的人影
眼前，叽一声飞逝了的麻雀
比我想象中，快了许多

小小的渡口，荒僻的渡口
都来过，但我们都走了
何况，悲伤和无稽
又何至于此呢，就如这大湾处的河水
急了缓了，又急
一样背负这辽阔的天空，而隆起的青脊

依然潋滟摇曳，庄重如许

静若处子

白，一个动词无与伦比的表达

航站楼里的白
码头上的白
车站繁忙的白

小区里的白
走村入户的白
学校机关的白
工厂商场的白
医院飞速流动的白

雪花一样的白
莲花一样的白
四月梨花，芬芳皎洁的白
白鸽子一样，高贵的白

白衣天使
白衣卫士
白衣战士
白里透红
红里透白
白里殷血
舍生忘死的白

大江南北，千里沃野
黄河两岸，长城内外
高山仰止，大地回春玉兰花一样的白

珠峰、长城站、空间站，极光映照五星红旗最圣洁的白
人间烟火里渗出来的、沧海桑田的白

白，一个动词无与伦比的表达

奔　跑

风，已驾驭楼身甩出很远
柳树被狠狠地搋住了头，但柔软的秀发
早已飞离，这时
低矮了几头的雪松，兀地蹿出伞顶
跟着柳树，奔跑在八号楼和九号楼之间
奔跑在后面的，还有
树身十分僵硬的塑料椰子树

天，很快暗沉下来
跟着迷乱的灯光，急速地飘移摩擦
轰隆隆，轰隆隆
释放出，巨大的声响和能量

天空的马厩里，马在死命地跺脚
漆黑的穹顶，如巨大的华盖平扣下来
妻，赶忙披上夹衣
电话里，焦急地打探孙女回家的信息

又一阵急促的跺脚声，楼宇间
树木更加剧烈地摇晃，打滑，飘移
楼下，孩子们欢乐城堡橘红色的尖顶
瞬间又被打入深深的海底，并闪过

车灯交会后，猫腰的人影
焦急、慌乱、无措，似冥冥中的另一个世界

香玉放生了的那几只蛐虫呢
那只红腹复眼，叫了一个夏天的戴胜呢

冬 雪

路滑，一个趔趄，又一个趔趄
一切，跌入巨大的空蒙和昏黄
高楼如扁平的铁，打进冻土层
钟摆一样，拨动时空的脚前行

天空舒缓，一层层平行的斜面上
气流上下回旋，律动游弋
幼儿园，孩子们的哈哈城堡
寂静、空旷，上落寸厚积雪

近来，孙女像回笼的候鸟
窝居巢养，这会儿
肯定灵兽般攻城略地，撒娇撒野
占山称王
不远处，热源厂淹没在风雪里
红白相间的烟囱，箭一样的火
直逼天外，多像一片柳叶睿智的哲人
在更深处，追寻叩问一枚芽线洞穿的超级谜底

回不去了，德尔塔
狂狷，狡辩，诡异，粉饰

零下 18℃的寒潮，绞过入冬后
第一场大雪，戮过
今年不曾蜡黄的树叶，草草收场
大面积陷落

暮秋，囚渡岛上的城市
深陷内里的我，在檐下
打坐，参禅，静候

扁都口

因为扁都口，祁连山才畅通了呼吸
而获得了长久的宁静

我的宁静，就是祁连山的宁静
我的呼吸，就是祁连山的呼吸

我豪发三千丈，才染白了祁连山的头

峡口谣

朱老汉鹰骨杆的烟锅我看了
和峡口一般粗细
我扶着烟锅上去
看了看关山，也看了看明月

峡口，襁褓中母亲系上的系腰
锚一样，系在我的心里

峡口，峡口
抬抬马头，让我看看牙口

胭脂歌

阏氏的胭脂染红的，一串串胭脂风铃

我倒头便睡的时候，是你摇醒了我
是母亲唤醒了我

登胭脂山，看胭脂松，捡拾胭脂松塔
我内心又获得了长久的宁静

南　山

风刻在了石头里，霜月
一弯九曲伸进了骨头

阏氏，鸾鸟湖边梳洗去了
马放南山，马归南山
马牙一样的雪山，一座白茫茫的山峰
哦，一匹腾飞的冷龙

诗　歌

画马之相，猎风之影
你有了鬼斧之锋刃

词语在枝杈上舞蹈，转瞬
草窠间落下一颗星星，异乎寻常
你有了向死之心

欢 喜

可为秋风舍一尘，也以霜露失一沫
我已足够多，我一直走在欢喜的路上

残柳，败荷
孤月，断竹
我都实在喜欢

虽然青山已老，但我仍可裹雪独行

冬至，城市北郊湿地

大片的阳光，都被芦苇收割了
湿地，满目金黄

一群惊起的麻鸭，穿越了天空
也穿越了木栈道上零星的行人

城市很近，刚刚探出的头凝重而迟疑
似沉默的芦花，还翻飞在秋日的深处

只是甘泉府旁，两洼茂盛的毛竹青翠欲滴
透视着冰层下的严寒，而露出尘世浅浅的绿意

不远处，突起的观鹤厅似搭手瞭望的哲人
正深情地凝视着这个并不洒脱的冬天
这个渐渐凉下来、渐渐平静下来的人间

小年，踏雪

雪，是昨夜下的
路上已摞满深深浅浅的脚印和辙痕
看来小年，去往城郊踏雪的
远远不止我一人

嘎嘎嘎，嘎嘎嘎

这时，几只喜鹊飞过天空
像是在外漂泊多年的人，正在结伴赶往回家的路上

静听世界的雪，单调而往复
咯吱，咯吱，咯吱——

单调而往复的踏雪声
像极了我孤独走过的又一年

戴　胜

戴胜，以智者的名义投械

聪明的家伙，狡黠的物种
一直躲在暗处，圆冠榆茂盛的深处
咕咕咕，咕咕咕——
循环往复，唱着自己单调的歌

尽管小区夯植的塑料椰子树很高大、很翠绿
上面结满饱满的椰子，它好像也无意光顾

这个又臭又硬的家伙，像我一贯的顽固和执拗

好孩子，乖乖

好孩子，是谁把你乖乖领进了悲悯的大地
阿门，母亲

好孩子，是谁把你乖乖领进了婚姻的宫殿
阿门，爱人

好孩子，是谁把你乖乖领进了无尽的苍茫
阿门，自己

好孩子，是谁把你乖乖领进了佛陀的门槛
阿门，菩提

好孩子，是谁把你乖乖领进了荒僻的草冈
阿门，山岚

好孩子，是谁把你乖乖领进了诗歌的岬角
阿门，远方

好孩子，是谁把你乖乖领进了宁静的内心
阿门，鸟鸣

好孩子，是谁把你乖乖领进了神秘的天堂

阿门，上帝

好孩子，你踏雪而来，我依然在雨季等你
好孩子，你御风而至，我已抱山而眠

小蚂蚁

三岁半的孙女，手持木棍
把一群小蚂蚁赶过来赶过去
反复蹂躏，这已是我的不忍

更可气的是，她乘小蚂蚁不备
埋葬掉了它们出入的洞穴
弄得可怜的小蚂蚁四散奔逃，立马失去了人生的方向

淘气的家伙，根本不考虑小蚂蚁的感受
对于她的良善，我一度产生了不小的怀疑

二月二，龙抬头

二月二，龙抬头
照古幽州台，我簪了簪稀疏的华发

子昂啊，你前不见古人
后不见来者

我只是和着青山，又抬了抬头

癸卯兔年，正月十五

黑兔子都养白了，养胖了
正月十五，月亮是长着两只秀耳的白兔子
雪地里提着红灯笼，一路撒下梅花朵朵

癸卯兔年，我手捧的不是高山雪莲
而是一本读了又读的陈子昂诗集

瓜州的石头

石头被阳光煮透了的时候，瓜就熟了

瓜州盛产石头，也盛产蜜瓜
风渴了，吃石头，吃蜜瓜
也吃佛的光阴

瓜秧落了，会有冬不拉弹起
星星峡的星星，都会闪闪落泪

关于诗

我学诗学得很慢，三十年了
还没有出师，却仍以诗为师

我写诗写得很差，一直没有写出一首像样的诗篇
但仍像金龟探水一样囚渡，梦想有一天会成为真正的
诗人

我读诗读得很难，一首能啃三秋
总觉得是蚂蚁上树，只见树木不见了森林

关于诗，我温良谦恭，三拜九叩
有时，甚至有点孤独求败、飞蛾扑火的意思

青山，我跪了一次
明月，我又跪了一次
河流，我折叠成了冈丘
苍凉的人世，我已泪流满面

不　忍

太阳落下去的时候，因为不忍
月亮升上了树梢

我知道，这是升上树梢的月亮挽救了你
你又回到了清辉照彻的夜晚
回到了分神了一整天的自己
回到了内心，那潮湿的宁静

荷

盛夏的荷塘，成群的蜻蜓在荷尖尖上跳舞
可冬天的荷塘就不一样了

冬天的润泉湖，早已被冰雪覆盖
月牙形的荷塘，甚是萧素

湖面上，莲茎孤立，莲蓬倒扣，枯黄的莲叶
像旅人的空褡裢，耷拉着凋零在黄褐色的冰面上

我从滑冰场经过，站在高高的湖岸上放眼看
冬天的荷塘，像是生锈的古战场
枪戟林立，正沙场点着残兵

大寒，独行在公园里
我是等蜻蜓回来的那个人

东湖遇麻鸭

我在岸上走，麻鸭在水中游

隔着护栏，我向麻鸭点了点头
顺着湖水，麻鸭向我拍了拍手

我在岸上走，我是清澈的
麻鸭在水中游，麻鸭是宁静的

我的清澈，是麻鸭的清澈
我的宁静，是麻鸭的宁静

我在岸上走，我是清澈的
麻鸭在水中游，麻鸭是宁静的

麻　雀

几棵榆树，比邻而居
有风的傍晚，它们的手一度很牢地挽在一起

就是这几棵比邻而居的树，似乎更没有特别之处
只是择地而居的麻雀只占据了其中一棵
头挤着头，尾连着尾，胸撞着胸，梳理羽毛
愉快地唱着自认为得意的歌
全然没有注意到另外几棵的孤独

我走过来走过去，反复观察
几棵成年的榆树，确实没有不同之处
只是中间这棵，更高大、更茂密一些

择善而居，聪慧的麻雀
似乎比人类更懂得生存法则

马场，草原

旷野巨大，格桑花金黄
马儿尥蹶子时，草儿也铆足了劲儿撒欢

窟窿峡，鸾鸟湖
匈奴人软禁在草原上的两颗幽怨的眼珠
放风时，也放逐着天边的雪山
和盘旋的老鹰

天下牦牛黑，搭手瞭望
我顺手把马系在了黄杨上

胭脂寺

来过，我们是一同上来的
你落座在山顶，我落脚在山下

我亦步亦趋上来，仰望你的
古与旧，新与生

一个人的寺院，也只有
一个落座的和尚，打坐念经
闲暇时，翻阅着左边崖壁上坍塌了的三间旧厅堂

胭脂寺，一个缓缓走上来的香客
正跪在堂前，替你念叨——

念叨你的独，和孤绝
空，和寂寥
似乎还略带点人世的悲凉

关城记忆

放在城头上的那块青砖，听母亲说
是我在明朝洪武五年的春天背上去的
苦于无力，我一直在文殊山修行

我相信，总有一天我会把它
和藏经阁的经书码放到一块儿诵读
我会在我的心里，暗暗攻下那个古老的关口

荒　原

占山为王，西风狂野
蓬草，黄羊一样飞驰

沙是刀子，也是喋血的手掌
山阴间，胡狼携日在荒原穿行

年

香点着了，火点着了
纸钱儿点着了
一抹青烟也被风点燃了，在祖坟上空上扬

不远处，喜鹊在杨树枝头嘎嘎、嘎嘎
似乎在替我们念叨着先人的名字

跪下，磕头，默诵
我知道，父亲、祖父、祖母和二叔
和我们又稍坐了会儿，还抽上我敬上的兰州牌吉祥香烟
起身时，我只是轻轻抹去了眼角冰冷的泪水

尖峰之上

抱之于欢喜，受之于快慰
你终究有了澄澈之心

雪，之于我，之于南山
有销魂削铁之美，尽管
尖峰之上，有万劫不复的深渊

巴尔斯雪山

狂野之蛮，必有负重之力

乘车上去
九十度的斜坡更有眩晕之幻

巴尔斯雪山，把我们足足抬高了三千八百米
与神又近了一尺

你有说不出的欣喜——

山巅之巅，更有空旷和莽荒之力

祁连山脉

一头黑牦牛远去了天边，就
再也没有回来，这边
头都等白了，望眼欲穿而泪流满面

阳光下，我看见
绵延的雪峰，像我的脊骨一样有节律地起伏
脉管里，流淌着我温热的血液——

绵延起伏
沸腾不止

羊台山俚语

披羊皮袄，戴羊皮帽
穿羊皮靴，读羊皮书
相羊皮婚，生羊皮羔
活羊皮人

坐石头凳，戴石头镜
看石头人，念石头经
骑石头驼，抱石头月
放石头夕

羊台，羊台，石疙瘩
羊台，羊台，土洼洼

拉一拉手，不说再见
拍一拍胸，咬一咬牙，抱一抱脖子
把泪水留下

顺着泉水往里走，遇上狼
就当伴儿，别回头——

扯断筋，咬断喉

山吟十一行

我站起来的时候，群山立马蹲了下来
隔着青山，我看到了青山外的青山

我和孙子玩游戏，当我趴下的时候
孙子在背上耍大马，回头凝视
背上已耸起一座不小的山峰

登上巴尔斯雪山，我感觉头顶到了天
凭借山的低，和我的高
我看到了时空的迷蒙和人世的苍茫

登泰山而小天下，登羊台山而小我
壁立群山，我确实矮了几分
咬定青山不放松，我依然是一座陡峭的山峰

山和落日

山和落日一块儿沉下去的时候
夜，跟着拉上了深深的帷幕
尘世，陷入无与伦比的沉沦。是你

又一次从天边把我带了回来
父亲，那是不是你的背影
把酒临风，我禁不住
又跪了一次

梧桐泉断想

告诉你，不是风沙把你洗白、洗没的

哭的时候，我一直在揉搓自己的山水
没想到你的泪却干了，脸儿瘦成了月牙

月亮在头顶上，泉水在脚下
槐树在亭旁，都照着我的无眠

高山柳

感觉是赐予
感觉是痛彻
感觉是受难之后的撕扯和咬合

我是秋天穿过山林后，和你舞在一起的
不惊艳，却很孤傲
就像枝条上咝咝弹动的那片黄叶——

独享高原
那一剂冰凉刺骨的泪水

高　车

1

轮声橐橐，凿空穿石，绝尘而来的，是我的高车。

亘古的车辇，天下苍生的役使。铁木交合，宽幅，巨轮。

在走廊碾压了两千多年的高车。

铁一样的音律，铜一样的气韵，鹰一样的眼睛，庄稼一样的肤色。
狞厉、温暖、宽广而深邃的呈现和延展。

2

夕阳通红，马蹄声声。
走廊的高车呀。与日升，随日落。和太阳一个同心圆。一样的方向，一样的明净，一样的雄浑。

那是怎样的一次又一次亘古的磨砺。
那是怎样的一次又一次决绝的燃烧。
那是怎样的一次又一次热爱的重塑。

那是怎样的一次又一次茂密的催生。

3

朴素的高车。

旷古的高车。

伟岸的高车。

一辙一辙，粗粝刻画，一层一层，持续碾压，一轮一轮神性加持。苍郁，诗意的漫润。艰厉，深重的覆盖。缠绵，痛苦的叠加。

4

穿越在崇山峻岭的，是我巍峨的高车。

绵延在汤汤弱水的，是我幽怨的高车。

浩荡在森林草甸的，是我苍凉的高车。

驰骋在千里走廊的，是我铁血的高车。

倾覆在戈壁荒原的，是我孤殇的高车呀。

5

高车，一泻千里的高车。

高车，明眸皓齿的高车。

高车，神采飞扬的高车。

精灵一样跳动，烛光一样闪现。

6

翱翔长空的，是我马踏飞燕的高车。
轻歌曼舞的，是我反弹琵琶的高车。
慈怀悲悯的，是我梵音滚滚的高车。
猎猎穿行的，是我丝绸古道的高车呀。

菩提一样苦苦修炼，山峰一样辽阔苍茫。

7

高车。我久久不灭的断想。我久久不灭的回环
……

河西散章

1

峡口，霜烟，蜕下老皮，青痂，又密结了一层。拉着独轮车的，是我栗色的马匹。

一只鹰端坐长城，望丹霞，或者更远处的扁都口。一座座古堡，是一个个王城，也可能就是一个人长久的沉思。

一片叶子啊，三千年修成肺。秋绪里一滴露珠如钟，敲开无量之门。

甘州，凉州，肃州，瓜州，过了疏勒河就是沙洲。

我是谁？我是我的西域图。我是我的马匹。
一次次落日呀，是我点在这块图纸上的棋子。

2

羊台山啊，就是我的一个支点啊，残阳的砝码，撬起空蒙的苍茫。罡风猎猎，谶语响卜，我收起金叶刻写流年的经文。

祁连山煞白煞白的，像一头嶙峋的牦牛，慢慢耸动，缝合季
节的裂纹。

马四场，贩马的牛二，等马贴最后一道肥膘。
山坡上，是成捆成捆的青稞、大麦、燕麦……四散，
铺展，无边的辽阔。
二虎，背靠山梁，眯眼拾梦。他的羊群星星点点，如银钉，
钉在马营滩上。

3

风，西伯利亚的信使。翻天山，过敦煌，穿越河西走廊，
赶在乌鞘岭下，又画上了一圈大地的年轮。

哑巴哑巴，我冒油的唇齿，品啜空气中律动的麦香，发酵的
青稞苦酒，吸食圣洁之盐，落雪的水汽，从地心深处慢慢抬升。

4

巨镬倾覆，穹庐隆起。
一坊间，一尘世。偏一隅，居一方，烽烟升腾。
合黎如黛，隐约鸡窝人家，狗吠。偏北，平川峰隧犬牙
相望。

一匹马在飞奔。
一匹狼在放哨。

一棵树的死，轻易而不易察觉

一棵树的死，轻易而不易察觉。

譬如，小区门口小梁料粗的沙枣树，五月份花还开得很好，不知什么原因，现在已枯萎了，树上还挂满去年的旧枣和今年的青枣，树身发黑，枝条暗红；还譬如，被大风拦腰折断，生产队门前的那棵壮年杨树；再譬如，被一个冬天的寒冷抽干了，长在井沿旁的那棵老梨树；还有庄门口，把驴拴在上面，被驴啃了皮，碗口粗的那棵榆树；还有就是小时候我们玩耍、吹咪笛、编树帽、做小旗杆、截咪啦棒、制打猪棍，被摘了头死了、长在沟沿上的小柳树；以及爷爷小心了又小心，从枝杈上轻轻锯下一段，弯曲度极好，小手腕一样粗，做了瓜铲把，庄门前的那棵长势旺盛的歪脖子老榆树，一再吩咐三叔多浇水，并呵阻我们再攀爬上去掏鸟窝，第二年春天，它却不知缘由地死了，为此，爷爷懊恼了很长时间。

去年农历七月十五，因祭祖我回了趟老家。上坟回来，我到庄后的果园里看了看。父亲亲手栽种的那架葡萄，依然生长旺盛，红的，紫的，白的，黄的，绿的，一串串，一串串，晶莹剔透，挂满了棚架。

场园不大，一亩多地，隔过一棱小苞麦。我看到，父亲、三哥和我，在四十多年前栽种的那棵李子树，快枯干了。

谚语曾说：桃三杏四梨五年，黑李子等到人死亡。那么，当时父亲栽树时那种凝重的神情，难道这是应验？

我走过去，仔细观察树身树干，也都完好，虫病也不重。再者，二哥是好劳力，人又仔细勤快，少不了它的肥水。还有和它树龄一样大的几棵苹果树、梨树、杏树，也已气息奄奄，都快不行了。为此，我黯然伤神了一个下午。

父亲离开我们已经九年了，是急病走的。我从张掖急急赶回，在医院陪了三天三夜，都没有说上一句话。最后他在痉挛抽搐挣扎中，睁开眼，深深看了母亲和我们最后一眼，走了。

我想，这些树，或许是老了，到了树龄，死了。也或许，是和父亲得了一样的急病，随父亲宽厚的影子走了，终究都给我们留下了深深的遗憾和无尽的怀念。

父亲走了，我们兄弟姐妹七个成了无根的孩子，飘在人世，像片片金叶。

散　页

1

雪啊，是昨夜下的，飞扬在河西大地，古老的甘州，生我养我的临泽故居。

一个明媚的春天，那是我约定的季节。那是一片宽广的水面，一片辽阔的湿地。我会蒸腾一片氤氲的水汽，正好鸬鹚来，正好我心气高……

远处，天地欲弥合。

2

雨啊，下了整整一夜。

大与小，疏与密，冷与寒，虚与实。你就下吧，我欢承的，是我接纳的。

不要担心，不要反复，不要踟蹰，不要游弋。

串起来吧，母亲手中的捻线。把我和你串起一条奔腾的江河，一条汹涌的黑河。

弱水三千，我只取一瓢。

3

季风啊，你就刮吧！梨花正艳，榆钱是质朴的铜色。高山，草甸，湖泊，雪峰。一样的信念，一样的崔嵬，一样的洒脱，一样的芬芳。

那就一扯千里吧。
那就青岚浩荡吧。
那就激情飞扬吧。

那将是怎样的顾盼生辉、妖娆妩媚，那将是怎样的翱翔摇曳、倾心飞泻。
但……
我会狂想另一个季节。

4

还太厚，请抽出来一些，再抽出来一些。

还太酽，请荡漾开一些，再荡漾开一些。

还太密，请拨开一些，再拨开一些。

5

月亮，你就是我挂在天上的凉帽，知性灵的神佑，清辉高洁，气韵灵动，照着我的每一个晚上。就譬如今天，在红桥庄园的晚上，流动的红宝石，透亮，明丽。

醉啊，浓得化不开的一团紫晕……

6

一片叶子不一定能盖住秋天，但都是质朴的颜色。金黄，写意的一笔。就譬如，无知的童年，懵懂的少年，狂躁的青年，高坡上滚石的中年……

高天厚土，阳春白雪。

图书在版编目（CIP）数据

尖峰之上 / 雷立喜著. -- 武汉 ： 长江文艺出版社，
2024. 9. -- ISBN 978-7-5702-3758-6

Ⅰ. I227

中国国家版本馆 CIP 数据核字第 2024NL7276 号

尖峰之上

JIANFENG ZHISHANG

封面题字：王建波

责任编辑：王成晨　　　　　　　责任校对：毛季慧

封面设计：李　鑫　　　　　　　责任印制：邱　莉　王光兴

出版：长江出版传媒　长江文艺出版社

地址：武汉市雄楚大街 268 号　　　邮编：430070

发行：长江文艺出版社

http://www.cjlap.com

印刷：湖北新华印务有限公司

开本：880 毫米×1230 毫米　　1/32　　印张：5.75

版次：2024 年 9 月第 1 版　　　2024 年 9 月第 1 次印刷

行数：3485 行

定价：58.00 元